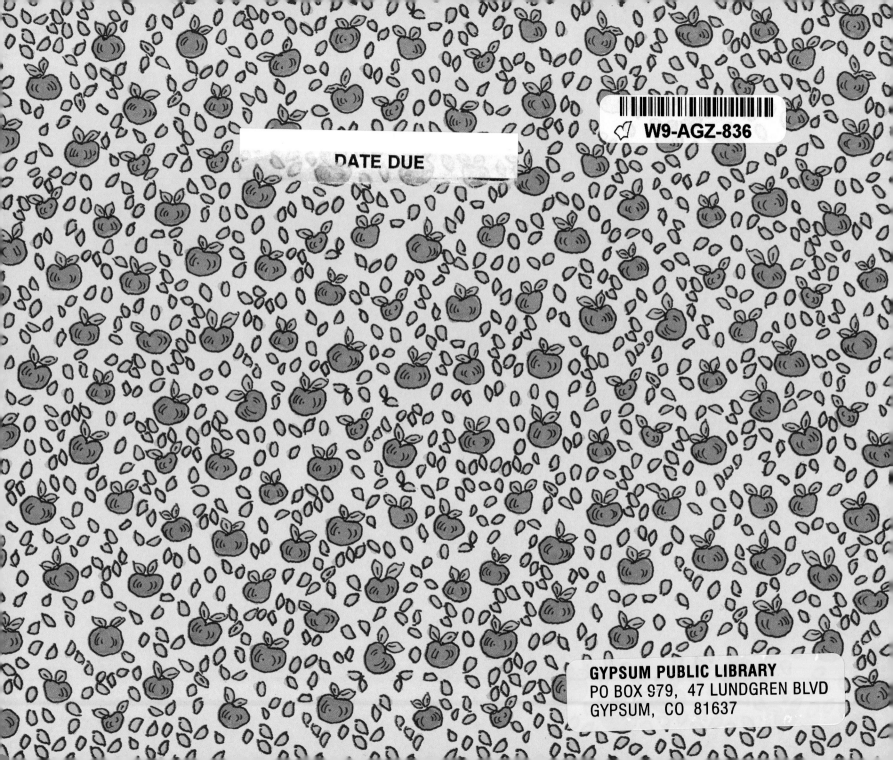

DATE DUE

Título original: *Where, Oh Where is Rosie's Chick?*

Colección **libros para soñar**®

© de la edición original: Hodder Children's Books, 2015
Hodder Children's Books es un sello editorial de Hachette Children's Books, de Hachette UK
Copyright © Pat Hutchins 2015
© de la traducción: Silvia Pérez Tato, 2015
© de esta edición: Kalandraka Editora, 2015

Rúa de Pastor Díaz, n.º 1, 4.º A. 36001 - Pontevedra | Tel.: 986 860 276
editora@kalandraka.com | www.kalandraka.com

Impreso en China
Primera edición: octubre, 2015
ISBN: 978-84-8464-939-7
DL: PO 237-2015

# ¿Dónde está el pollito de Rosalía?

Pat Hutchins

kalandraka

Para Susan,
que ha incubado a Rosalía,
y para Anne,
que ha incubado al pollito de Rosalía.

P.H.

La gallina Rosalía
había puesto
un huevo.

Y el pollito, por fin, estaba rompiendo el cascarón...

Pero... ¡oh!

# ¿Dónde está el pollito?

Rosalía buscó debajo del gallinero,

pero el pollito no estaba allí.

Lo buscó dentro del cesto,
pero el pollito no estaba allí.

Lo buscó detrás de la carretilla,
pero el pollito tampoco estaba allí.

Lo buscó más allá del campo,

¡pero no lo encontró!

Buscó entre la paja,
pero el pollito tampoco estaba allí.

# ¿Pero dónde está el pollito?

# ¡DETRÁS DE TI!

Entonces, Rosalía y su pollito
se fueron a dar un paseo...

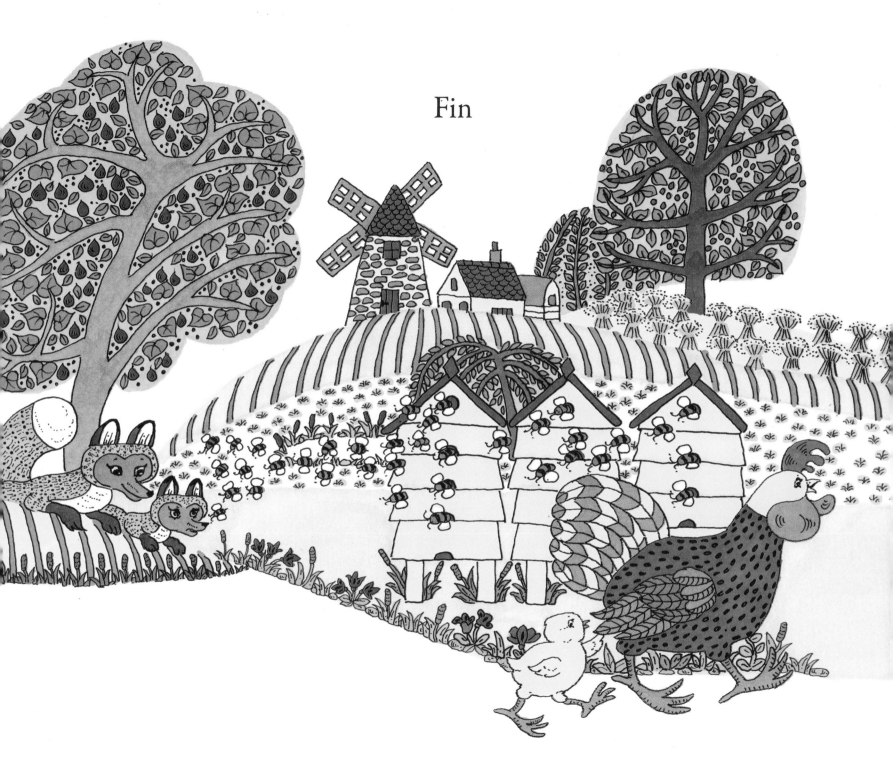

Fin

Queridas niñas y niños:

Espero que os guste este nuevo cuento sobre Rosalía y su pollito.

Cuando yo era pequeña, unos amigos míos tenían como mascota
a una gallina llamada Rosalía y, al crecer, escribí un libro sobre ella.

«El paseo de Rosalía» fue mi primer álbum ilustrado.
Siempre me he preguntado qué pasaría si Rosalía tuviese un pollito.
Y aquí está.

Espero que disfrutéis este paseo
con Rosalía y su pollito.

Con cariño.


Pat Hutchins

# Opiniones sobre *El paseo de Rosalía*

«Una comedia brillante,
divertida y silenciosa.»

New York Times

«Las ilustraciones cuentan
una historia llena de acción,
tensión y sorpresas.»

Julia Eccleshere, The Guardian

«Un álbum estupendo
que permite visualizar a la vez
la peripecia de ambos personajes,
combinando la tranquilidad
de la despistada gallina
con la desesperación
del desgraciado zorro,
y manteniendo un tono
de suspense muy logrado
de principio a fin.»

Revista CLIJ

«Buen ejemplo de obra que sirve
para formar a los pequeños lectores
en la lectura de álbumes: el juego
de la anticipación, el ritmo,
la estructura circular
y perfectamente encadenada...»

Jone Arroitajauregi, Galtzagorri

«Un clásico de la literatura infantil
que destaca por su estética vanguardista
y la doble lectura de las imágenes.»

Fundación Germán Sánchez Ruipérez

«El contenido humorístico de este paseo
es evidente; las diferentes actitudes
de sus protagonistas seguirán haciendo pasar,
casi medio siglo después de su publicación,
buenos momentos...»

Paula Fernández, Faro de Vigo